위풍당당 여우 꼬리 1 : 으스스 미션 캠프

威風凜凜的狐狸尾巴

1 緊張刺激的露營之夜

孫元平 著　萬物商先生 繪

劉小妮 譯

獻給世界上所有的狐狸們

丹美在幼稚園時期的同學，也是「海藍寶石」的練習生。眞正的夢想是成爲自己作詞作曲的實力派歌手。
黃智安
夢想成爲考古學家，希望將滅絕的動物復活。待人體貼，做事全力以赴，偶爾也會冒冒失失、慌慌張張，有點魯莽。
高旻載
偶像團體「海藍寶石」的練習生，未來有出道的計畫。但因爲態度傲慢，常常遭人白眼。
白允娜
斗露美
丹美的好朋友，喜歡運動，做事衝動，總是先做再說，是個很活潑的女孩。

登場人物介紹
孫丹美
常有許多天馬行空的想法，喜歡雨天，夢想成爲漫畫家。原本只是個普通的少女，某天長出尾巴之後，命運就此改變。
獨來獨往，心裡有祕密的少年，能夠看穿丹美的心。
權杰
丹美的爸爸
丹美的媽媽
丹美的爸爸擅長料理，不論何時都站在丹美這邊。丹美的媽媽擅長手工藝，有自己的工作室，外表看起來很普通，跟丹美一樣身上都流著九尾狐的血液。

目錄

序言

噩夢

大家做過噩夢嗎？我是指會讓人感到毛骨悚然、全身起雞皮疙瘩，甚至還會讓你大聲尖叫，突然驚醒之後，全身會汗流浹背的那種噩夢。

當這個噩夢讓你分不出是真是假，就在你眼前發生，又該怎麼辦呢？

我叫孫丹美，是未來國小四年級的學生。我的頭髮長至肩膀，還有點凌亂，身材瘦小，是那種在團體當中，不太容易被看到的平凡女孩。可是……在這樣的我身上，居然發生了不可置信的噩夢？

噩夢總是出其不意的出現：像是東西突然從架子上掉落、或是身後忽然冒出陌生人的身影；又或是調皮搗蛋的弟弟妹妹躲在門後，逮到機會就突然衝出來嚇人。雖然我無法事前察覺噩夢，但好像每次都有預兆……事後回想，我在噩夢來臨之前，確實發生過類似「預兆」的事情。

那應該是我升上四年級之後才開始的，剛開學的時候，我的身體一直覺得哪裡癢癢的。這種癢的感覺，跟被蟲子咬到，或被媽媽搔癢時的感覺完全不同。我確確實實能感覺到癢，但是說不出來是哪裡癢？只是感覺很不舒服，還有煩悶，因此，我只能全身像蟲子那樣滑稽的扭動，心情真是不愉快到極點！

因為這種奇怪的感覺，每天晚上，我都在床上翻來覆去，要好一陣子才能入睡。媽媽只是跟我說，應該是我正在長高才會這樣。與其這樣，還不如說我是因為對桃子過敏。總之，媽媽的話絕對不可以全盤相信。

那是發生在初夏的一個晚上，原本熟睡中的我，好像突然被誰叫喚似的，醒了過來。

我的頭腦雖然很清醒，但是胃開始覺得有點不舒服、噁心，而且還有點想吐。這時候，討厭的感覺從尾骨和背部下方開始出現，我的背雖然沒有感覺疼痛，但好像要發生什麼大事了，我非常清清楚楚的知道……已經有什麼在發生了！

我趕緊下床，跑去照鏡子，就在我站到鏡子前面的那個瞬間，我像是被接上電流似的，一種強烈的發麻、痠痛感在我身體流動，一股腦兒從脊椎衝了出來……

我完全沒有時間去思考究竟發生了什麼事？我的背部下面冒出一個小小的，而且硬硬的東西。

我聽到那個東西穿破肌膚和衣服的聲音，然後……然後就冒出一個像天線那樣尖尖的東西，接著——

一瞬間，就像花朵突然盛開！又像雨傘突然被撐開，又像煙火在空中炸開似的，往四方散開——

那是……一條尾巴！

我嚇到無法呼吸！在我身上發生了什麼事情？我在做夢嗎？如果是做夢的話，這真的是一個噩夢！快點醒來，拜託、拜託、拜託呀！

第1章

七十七個問卷

那天下午，雨嘩啦嘩啦的下個不停。我坐在窗邊，托著下巴，整個人陷入了沉思。雖然同學們在身邊嘻嘻哈哈的玩鬧著，但我的腦中依然只想著「尾巴」這件事情。

如果說那是夢，一切又太過真實了，如果說是現實，又實在說不通……到底我眼睛看到的那個東西是什麼？我搖了搖頭，想要把這些複雜的思緒通通趕走。

望著窗外，看著那些大大小小的雨滴最終匯集在一起，我突然感覺眼前這個景象就像是一張奇妙的命運地圖。我預感到不久的將來，我會在某個地方，發生之前未曾遇過的神祕事件……

「妳在想什麼？」露美拍了拍我的肩膀。

我從幻想中抽離出來。

「看雨。」

「雨？」

「嗯，雨滴是不是形成了命運的地圖呢？」

可能是我回答得亂七八糟，露美沒有追問，只是嗤笑的說：「雨滴和命運的地圖？果然是孫丹美，想像力可真豐富呀！不過，這也是妳的特色。總之，這個我做完了，接下來輪到妳了！」

露美把一本鑲著金邊的薄荷色筆記本放在我的桌上，上面寫著「四年二班的七十七個問卷」，經過許多同學傳閱書寫之後，筆記本已經開始有些磨損了。

製作問卷的人，是雙胞胎姐弟——詩浩和知浩。從我們班開始興

10
10
四年二班的
77個問卷

起的問卷熱潮，傳到其他班級後，如今已經席捲到全校了。

筆記本的最前面，密密麻麻的寫滿了七十七個問題。只要按照順序，寫下自己的答案，再指定下一個答題的人就可以了。寫這個筆記本目的，應該是為了讓同學們可以更認識彼此吧？

「啊！終於輪到丹美了。我還在想什麼時候會輪到妳？」我打開筆記本，翻看同學們寫的內容時，詩浩走了過來。

「主角都是最後才登場的。我非常感謝我的好朋友，斗露美把最後一棒交給了我！」

詩浩聽到我厚臉皮的回答後，推了推眼鏡，然後冷靜且溫柔的說：

「這話好像不太對喔！主角不是最後才登場，而是在『決定性的時機』才登場。丹美在期待什麼時機呢？」

「這本筆記會在『冷颼颼露營日』公布，所以不要寫太慢喔！」不知何時出現的知浩突然加入話題。

詩浩的身材瘦小，但是在寫程式和數學方面，非常具有才華。知浩則跟姐姐相反，身材有點微胖，而且行動緩慢，他最大的興趣是植物和音樂。這兩個人基本上每件事情都可以持相反意見，像是這次的問卷究竟是要用手機填寫，還是親手寫在筆記本上？到最後，兩人的意見還是不一樣。

至於「冷颼颼露營日」是我們學校獨有的傳統慶典，正確名稱應該是「校內同心露營」。但是同學們從很久之前就用「冷颼颼露營日」這個名稱，來代替那個很無聊的名字。

因為每次露營時，天氣總是狂風暴雨、雷電交加，而且一定會發生非常罕見的事情，所以才被取了這個名字。

每年七月，也就是在放暑假前，這個露營只有四、五、六年級的學生參加，他們會安排各種活動。白天的時候，會舉辦各自準備的攤位，到了晚上，則是分成小組露營，還有完成指定的任務。

大家從一年級開始，就期盼參加這個露營了，對於要舉辦什麼樣的攤位，會跟誰同一組，又會被分配到什麼任務，都充滿了期待。

我翻開筆記本，看到寫在最前面，密密麻麻的題目，我從最簡單的問題開始作答，然後順手畫上幾個小圖。

接下來的題目，我突然不知道該如何作答。

75. 最喜歡的異性是？

我稍微抬起頭，看了一眼坐在隔壁斜前方的高旻載。就連休息時間，他也在看書，而且還只看跟科學相關的書。

其實我跟旻載也沒有很熟，只有在進行活動，發表未來的夢想時，被分到了同一組，跟他只有稍微說過話。

旻載說他的夢想是成為考古學家，以及研究如何將已經滅絕的動物復活。我一開始覺得他的夢想太不切實際，不過……看到他那麼認真的態度後，反而覺得他的夢想很帥氣。

從那之後，我偶爾遇到旻載，心臟就會撲通撲通的跳！不過只有跳一下下而已，真的只有一下下而已！我對他只有一點好奇，絕對是這樣，我發誓！我沒有喜歡他，真的！

如果真要比喻的話，就像我看到老鼠軟糖那種心動吧？我在筆記本內翻找旻載的問卷。

1. 名字：孫丹美

2. 年齡：11歲

3. 喜歡的事物？

下雨天、天馬行空、

畫漫畫、老鼠軟糖

4. 未來夢想是？

漫畫家（要有名，還要有錢）

5. 最好的朋友是？

斗露美！

（我們班的體育明星，我們兩人的外號是美美姐妹花！）

75. 最喜歡的異性是？

沒有

我的心情有點怪。不知道是感到慶幸還是失望，總之，我有點洩氣。不管了，我也寫下「沒有！」

我翻到下一頁，打算繼續作答，這道題目也讓我感到相當慌亂。

76. 在我們班上，最不喜歡的人是？

最不喜歡的人……我看了看其他人的答案，大多數人都回答沒有或是乾脆不答，不過白允娜的答案有點不同。

76. 在我們班上，最不喜歡的人是？

權杰。他像鬼一樣陰沉，
我不想親近他。
他最好從我們班上消失！

我轉頭看了看坐在第一排最後面的權杰。權杰的確不是那種很開朗的人，他沒有好朋友，總是一個人獨來獨往，好像也沒有打算跟其他同學主動親近的意思。即使有人問他話，他也只是用「嗯」或「不是」來簡短回答。在餐廳用餐時，也總是一個人埋頭吃飯。加上他的瀏海很長，都快遮住半邊的臉龐，這讓他不論何時，看起來都像是被影子擋住似的。

不過，權杰從來不會說髒話，也不會欺負同學。他只是活在自己的世界而已。白允娜居然因為這樣，就寫出如此惡毒的話！

「硬要說的話，白允娜妳才……」我正想到這裡的時候，教室門被打開了，有位女生走了進來。

「允娜，允娜來了！看來今天不用練習了。」其他同學都因為好奇，而在一旁竊竊私語。

提到白允娜，最先想到的就是她那頭又長又捲的長髮，和又圓又大的眼睛。她長得很漂亮，不過常常很累的樣子，臉上總是露出厭煩的表情，一邊的嘴角還會上揚，好像有什麼壞心眼。

允娜是偶像團體「海藍寶石」的團員。她跟同班的黃智安一起參加電視選秀節目，獲得第二名時，真的是轟動全校園，不，是轟動了全社區！不過，「海藍寶石」還沒有正式出道，所以智安和允娜目前還是練習生，聽說因為現在兩人年紀還小，還不適合出道。

不過海藍寶石這個團體出道，只是時間問題而已，基本上，已經是既定事實了。因為他們所屬的經紀公司老闆已經在訪談中直接表明，所以允娜和智安在校內已經被當成明星來看了。

允娜也很清楚這個事實，最大的問題是她覺得自己的身價很高，以為自己是Billboard美國告示牌排行榜的冠軍，面對同學時的表情，還有那副說話的口吻，都傲慢到不行。

「啊！好累。看什麼看！」允娜越過同學，走向自己的座位，一副討人厭的模樣。

「嘖嘖，她難道不知道，人氣就跟泡沫一樣，不知道何時突然炸開後，就會消失。」露美惋惜的咂咂嘴。

跟不太說話的智安不同，允娜的各種傳聞鬧得沸沸揚揚。在選秀之後，也傳出許多允娜由於自私的行為，被哥哥姐姐們討厭的八卦消息。不過，話說回來，允娜和智安有一個共通點，那就是他們都沒有朋友，而且他們兩人好像也沒有因為這一點而感到可惜。

不管我怎麼想，允娜戴著耳機，就算有氣無力，也傲慢的走向她自己的位置。

「搬過去一點！真礙眼。」允娜自己撞上智安書桌的邊角，還氣呼呼的這麼說。智安一句話也沒說，就把書桌往旁邊移動。

「唉！這群人為什麼一直在我身邊，真是礙眼！」

我原本打算跟其他同學一樣，直接跳過問卷上「最不喜歡的人」這一題，但是一聽到白允娜這句話後，馬上改變了心意。

76.在我們班上，最不喜歡的人是？

白允娜。真的很討厭。

真的、真的、非常討厭！

我用大大的字寫完這題之後，就剩下最後一題了。

77.下一個答卷人是？

最後一題了，我一定要好好想一想。我思考了很久，寫下一個名字，

然後闔上了筆記本。

第2章

噩夢重現

噩夢一旦忘記，它就會再度湧現。當我的內心稍微恢復平靜，心想應該可以放下這件事情時，噩夢就像一個卑鄙的背叛者，再次找上門。

這次是發生在星期四的體育課，我從早上就感覺身體沉重，不過今

天是跟隔壁班打躲避球的日子，所以我還是勉強參加比賽。

我們班的體育明星——露美的球速越來越快，但是我的身體卻像吸飽水的棉花那樣越來越重。

我的眼前像升起地氣似的，空氣變得混濁不清。

啪！我的背被隔壁班同學的球打到，身體忍不住搖晃了起來。其實這一球並沒有打得很大力，但我的身體還是不由自主的往前彎曲。

我彎著身子，雙手扶著膝蓋，大口喘氣，我的腰部後面好像有一股熱騰騰的暖流，快速發散到全身。

「丹美，妳還好嗎？」

露美和其他同學都很擔心，所以我請求老師讓我回教室休息。

就在我跑到教室外的走廊時，突然有一股難以承受的力量襲來，以至於我不得不停下來，雙手扶著牆休息。

緊接著，從背部開始的小小震動逐漸傳遍全身，我雖然睜著雙眼，卻像是在做噩夢，我的背部鼓了起來，一個像天線般尖尖的東西，穿破衣服迸發了出來，然後往四面八方爆炸似的展開！

尾巴，不論誰看到都會直覺認為這是尾巴！

「哇，太厲害了！這是怎樣做到的？」

我瞬間清醒過來！

在我眼前的人是黃智安，他是海藍寶石的男主唱，同時也是我在幼稚園太陽班的同班同學。此刻，他正睜大了雙眼盯著我看。

就在這一瞬間，尾巴就像被真空吸塵器快速吸走似的，一下子就消失得無影無蹤，我用手摸了摸背部，除了衣服上有個小洞之外，其他都不見了。

剛剛那條毛茸茸的尾巴，居然一下子就躲進了這麼小的洞裡，實在令人難以置信。不過目前看來，不只是我一個人這樣想。

「那麼大的毛團居然瞬間消失，太神奇了！不過，渾身毛茸茸的貓咪也是可以穿越狹窄的縫隙，所以這也不是不可能的事情。」

智安看起來好像在自言自語，前一秒他還露出了驚訝的神情，現在已經恢復成平時慵懶的樣子。

看到他這副模樣，我原本慌亂的心情也跟著平靜下來。

「你如果把剛剛看到的事情跟其他人說，我絕對不會放過你！」我大聲的威脅他。

沒想到，智安揮了揮手，像犯睏似的，打了個哈欠說：「啊！不用擔心！我嘴巴很緊，我會當成自己在作夢。反正這事說了也沒人會相信。」智安說完，再次打了個哈欠，並離開走廊。

為何偏偏是黃智安……不過，幸好不是被露美或旻載撞見。

只是，沒想到不幸的事情還沒有結束。

幾天之後，某個晚上，全家人都睡了，只有我迷迷糊糊醒了過來，這時，我看到月光穿越窗戶，隱隱約約的照亮床和牆壁。

月光是不是會召喚魔法呢？我全身又悶又癢，無法再次入睡。這種不舒服的感覺相當煩悶，就像一層脫不掉的衣服，緊緊裹住了我。我全身扭來扭去，突然冒出一個奇怪的預感……

我靜悄悄的走向鏡子，發現我的腰部後面，好像有什麼正在慢慢的鼓起來。我按了按鼓鼓的地方，感覺皮膚下面好像有什麼正在蠕動……我為了不輸給它，用盡全身的力氣，把背部緊緊靠在牆上，好像在抵抗什麼，結果卻發生了我無法想像的事情。

一道光照在我身上，那毛團般的尾巴馬上「咻」的一聲，迸發出來！我往後退了幾步，想用手抓住尾巴，但是這尾巴往上方稍微翹起來後，任意的改變方向，就像泥鰍那般靈活，總能避開我的手。

我一直在轉圈圈，就像想要咬住自己尾巴的狗，一下子跳向這邊，一下子跳向那邊，那個模樣實在太滑稽了。但面對速度敏捷的尾巴，我實在遠遠不及它。

再這樣下去真的不行！

於是我假裝伸出右手，但同時把左手繞到背後。

抓到了！

被我抓到的尾巴非常結實，而且毛茸茸的。這條尾巴雖然被我用力抓住，但是就像在我體內扎下很深的根似的，不論我怎麼拔也紋風不動。我已經費盡全力了，感覺就像是自己在跟自己打架。

啊啊啊啊啊——

突然，尾巴被我拔起了，但是，明明被我抓住的尾巴卻消失不見，接著在我眼前冒出一位長得跟我很像的女生。不論是臉、身高，甚至連綁辮子的位置都跟我一模一樣，唯一的差別在於，她是藍色的短髮，眼神也有點深沉、幽暗。

「妳、妳是誰？」雖然我大聲質問，但聲音很明顯的在顫抖。

「我就是妳。」她用冷冰冰的聲音回答。

「不可能……」

「妳剛剛也看到了，我是從妳身上出來的。」

「但是……」

「妳必須承認。」

「不，妳才不是我！」我緊閉雙眼，用力大喊！

接著，她露出不知道是生氣還是傷心的表情，就在黑暗中消失了。

我趕緊摸了摸腰部。毛茸茸的尾巴，還有剛才那個鼓起來的痕跡，都像未曾存在過，消失了。

「丹美，有什麼事情嗎？沒事吧？」

爸爸媽媽匆匆忙忙跑過來擔心的問。

「沒事，我沒事。只是做了個噩夢。」

我假裝睏了，然後慢慢的爬上床。其實我的心臟已經快要跳出來了。等爸媽離開之後，我緊緊抓著棉被，眼淚直流，把枕頭都哭溼了。

我就是妳，妳必須承認。

那個冷冰冰的聲音一直在我耳邊繚繞。

我緊閉雙眼，希望明天醒來之後，這一切只是一個夢而已。

第3章

媽媽的坦白

自從我見過尾巴……不，是那個女孩之後就變了。我對之前喜歡的事物不再感興趣，還有，即使遇到好笑的事情，也很難笑出來，因為我有了一個無法對露美，還有媽媽說的祕密……

我無法對她們說自己變成了怪物，即使在網路搜尋，也沒有看到別人分享自己長出尾巴這種事情。

黃智安說得對，他就算真的說出去，也沒人會相信。

我只希望發生在自己身上的這些事情，全部都不是真的。

同學們都很期待再過幾天就要舉辦的露營日，大家只要有時間，就會聚在一起討論要準備什麼攤位，不然就是想跟誰同一組，他們非常愉快，我的內心卻非常煎熬。

「如果尾巴突然在大家面前跑出來的話，那該怎麼辦？」我一天比一天擔憂。

我一邊想，一邊走出校門，這時候，我聽到汽車「叭叭」的聲音，抬頭一看，媽媽正把手伸出車窗外，對我揮手。

「有什麼事情嗎？這個時間出現？」

我沒有打招呼，反而先提出問題。因為原本這個時間，媽媽應該在店裡才對。

媽媽有一間工作室，那是一間手作陶瓷、裝飾品、坐墊、杯墊等質感小物的店，裡頭的東西也有販售，它還是一間被刊登在雜誌上的熱門打卡店家。

「我打算店休一天，跟丹美一起約會聊聊天呀！」

今天又不是什麼特別的日子，居然店休？媽媽雖然笑著這麼說，但我一搭上車就感覺哪裡不對勁。

「應該說，是我想聽聽丹美的事情吧？媽媽的雷達好像抓到了什麼……我想丹美一定發生了重要的事情。」媽媽笑著說。

難道我所有的事情，都必須跟媽媽說嗎？我原本想要這樣回答，還是把話吞了回去。然而，媽媽好像看透了我的心思，直接回答我心中的疑問。

「妳當然不需要把所有的事情都跟媽媽說。只是，媽媽的雷達偵測到丹美的祕密，好像是非常重要的事情。」

「沒有那種事……」我雖然這麼回答，但已經滿臉通紅了。

媽媽只是莞爾一笑。

「妳只要記住一點，那就是媽媽已經準備好隨時聽妳的故事了。」

媽媽剛要啟動車子時，經過我們旁邊的汽車在沒有開方向燈的情況下，突然靠了過來！他快要跟我們的車撞上時，媽媽趕緊轉動方向盤。伴隨著尖銳的煞車聲，我和媽媽的身體整個往旁邊傾斜。

「不會開車嗎？算了，看妳是大媽就不跟妳計較！」那位大叔搖下車窗，大聲喊叫後，就把車開走了。

明明是自己的錯，還硬要賴到媽媽身上，我氣到說不出話來！我如果真的是有尾巴的動物，一定會用光速追上去，並且狠狠教訓對方！

我才剛冒出這個想法，背部馬上感到一股熱氣……

砰！

尾巴就這樣冒了出來，擠滿了整個後座。

「媽媽，我……」

我快要哭出來了，媽媽好像也被嚇到，我們透過後視鏡，看到了彼此的臉。媽媽把車停在路邊，拿出手機，好像打了電話給誰，看起來非常冷靜。

砰！

「親愛的，那天來了。丹美找到那個了。」

我們到家後，一打開門，一股熟悉的味道就撲鼻而來。又甜又鹹又辣又爽口的味道——這是爸爸的芝麻葉辣年糕！

空氣中好像還飄來了一股香甜的味道……我有聞錯嗎？我趕緊跑進廚房一看，爸爸煮了滿滿一桌的菜餚，此刻，他正把熱騰騰的義大利肉醬麵分裝在盤子。

爸爸是上班族，不過對料理很有天分，不只做得美味，他的手好像握有魔術棒，可以快速俐落的做出好幾道菜。爸爸的招牌菜是芝麻葉辣年糕和義大利肉醬麵，其美味程度比有名的餐廳還要好吃上百倍。今天居然可以一次吃到這兩道菜！

除此之外，餐桌上還擺滿各種水果，以及只有特殊日子才會買的喵咪烘焙店內的奶油巧克力蛋糕，甚至還放滿了平日嚴格限制我吃的老鼠軟糖。

「爸爸最棒了！今天是什麼日子呀？」我完全忘記了原本鬱悶的心情，大聲歡呼起來！

「晚點再說，我們先吃吧！」

聽完爸爸的話，我馬上把食物往嘴裡送。果然不論何時，只要吃到爸爸的料理，再怎麼疲憊都會感到療癒啊！

「我從丹美很小的時候，就很好奇這一天到底會不會來臨？」媽媽一邊看著我大口吃飯，一邊說：「妳果然也是九尾狐。」

「什麼？」

我猛然站了起來，嘴裡的義大利麵和辣年糕差點吐出來！因為我不懂為什麼媽媽能夠像什麼事也沒有發生，開這種奇怪的玩笑？

「果然比起爸爸，女兒更像媽媽。」爸爸微笑著說。

「那是什麼意思？那麼，媽媽也是？」

媽媽輕輕的嘆了一口氣。

「我真的苦惱很久，如果這一天到來，我到底要怎麼跟妳說明？妳要聽聽看嗎？」

我嚥了嚥口水後，點點頭。

於是媽媽開始說故事：「從前有一位小女孩，她從小就知道自己不是一個普通的孩子。因為她在各方面都跟其他人非常不同，這些預感……在她十二歲那年第一次長出尾巴之後，就變成了事實。因為那個小女孩的體內，流著九尾狐的血。」

「怎麼可能會有這種事……」

媽媽好像早就料到我會有這種反應，她露出微笑，繼續說：

「那個小女孩也是這樣想。只是，這個世界上原本就存在許多不能公開的祕密。她遇到的事情只是其中一項而已。再者，即使繼承了狐狸的血液，也可以像人類那樣活著，或像狐狸那樣活著。只是那位女孩正好繼承了人類和狐狸各一半的特徵。

女孩非常討厭自己是個有尾巴的九尾狐，因為這跟其他孩子們差異實在太大了，其他人根本無法接受她。於是，身為一個九尾狐，就成為女孩最大的祕密了。只是，不管女孩擔不擔心，尾巴們還是一條一條慢慢的長出來。

這些尾巴們常常遭人取笑，有時候甚至成為女孩最大的弱點。不過尾巴們會像朋友那樣安慰女孩，也會在重要的時刻，助女孩一臂之力。後來，女孩慢慢摸索到召喚尾巴出來的方法，以及不需要時，如何隱藏尾巴的方法。

就這樣，女孩漸漸長大了。

女孩長大後，陷入了愛河。在兩個相愛的人面前，即使知道對方是九尾狐，也不是什麼重要的問題。」說到這裡的時候，媽媽和爸爸彼此相視並微笑著。

「後來，這個女孩生了一個漂亮的女兒，成為了媽媽。媽媽當然擔心自己的女兒是不是也會跟自己遇到相同的問題，畢竟身為九尾狐，還是有許多不方便的地方。因此就為女兒取了一個『切斷尾巴』的名字，也就是『丹美[1]』，因為希望女兒可以平平安安的長大。

這個女兒的確健康長大了，看得出來她也繼承了狐狸的血液。因為她從小喜歡追逐老鼠或抓蟲子來吃，也常用手指甲在牆壁上刮來刮去。隨著時間流逝，她慢慢從喜歡老鼠變成喜歡老鼠軟糖，從喜歡刮牆壁變成喜歡畫畫的小孩。

即使如此，媽媽還是清楚知道，她有一天會發現自己的真實身分。因此長久以來，總是苦惱著要怎麼說明？媽媽想要準備一個超棒的派對，然後很自然的說出這些故事。希望女兒不會感到驚慌，也希望女兒可以明白，擁有尾巴並不是一件很糟的事情，不過……第一條尾巴還是比媽媽預想的更早出現。本來，孩子們的成長都會超越媽媽的想像。因此，真的非常恭喜妳，丹美。真心歡迎妳來到這個全新的世界。」

媽媽說完故事後，眼角都溼了。我也差點跟著哭出來，但是我不想讓他們看到我流淚的樣子，所以強迫自己忍住了。

原來我名字真正的意思，以及我會喜歡老鼠軟糖和畫畫，都是因為

1 編注：女主角的名字「丹美」韓文原意為「斷尾」，是故事中媽媽為了賦予女主角「切斷尾巴」的意思，故取此名。

我身上流著九尾狐的血液？真是太難以置信了。

接著，媽媽拿出一個包裝精美的禮物給我。打開之後，發現裡面是好幾套衣服。

「這是什麼？」

「九尾狐衣服。」

「什麼？這只是普通衣服而已。如果真的是九尾狐衣服的話，不是應該像超級英雄那樣的套裝嗎？」

聽到我這樣回答，爸爸媽媽同時笑了出來。媽媽解釋衣服確實是普通衣服。除了背部有一個小洞之外，就沒有什麼特別的了。

「妳看到這些洞了嗎？這些並不是不小心穿破的。媽媽想先幫妳準備起來。不過之後妳就要自己打洞了。這個沒有很難，妳不用太擔心。

「尾巴們」都有自己的意志和情緒，每次尾巴出來的時候，如果都要穿破衣服的話，對妳和尾巴來說，都不是件愉快的事情吧？因此，像這樣事先做一個洞的話，尾巴就可以從這個地方出來。」

如今回想，我曾看過媽媽的衣服上有小小的洞。過去我總是不理解媽媽明明縫紉手藝那麼好，為什麼放任破洞不管，原來是這個原因。

「那麼，媽媽也會偶爾變成九尾狐嗎？又是如何隱藏到現在的呢？爸爸是一開始就知道所有事情嗎？爸爸對於媽媽是九尾狐真的完全不在意嗎？不，我想先知道你們兩人怎麼認識的？」

面對我一連串的提問，爸爸和媽媽都哈哈大笑起來。

「要一次回答所有問題，可能會說很久的。今天我們就先用餐，要對食物表示尊重。」爸爸眨了眨眼睛說。

我也沒那麼激動了，點頭表示同意。

「看來女兒沒有受到太大的衝擊，真是太好了！不過……」原本笑著說話的媽媽，突然認真的看著我說：「媽媽雖然可以提供建言，但是我無法知道妳所有尾巴的事情，因為媽媽和丹美是完全不同的個體，因此妳要親自去體驗，慢慢了解，妳要銘記在心，這是妳的命運。」

　　發生在我身上的事情，可以坦然的對爸媽說出來，真的是件值得感恩的事情。不過，我依然感到混亂，發生在我身上的事情既然不是夢，那就是無法跟朋友說的祕密了。一想到這裡，我的內心就越來越沉重。

　　如果媽媽不是九尾狐，只是一個普通人，那該有多好？之後那些尾巴們會在沒有預告的前提下，慢慢越變越多？光用想的就覺得好可怕。

　　雖然我坐在爸爸媽媽準備的美味佳餚面前，露出了愉快的表情，但是內心卻想著完全不同的事情。

　　跟不想碰上的對象，一生一世都要一起生活，想到這裡，我的眼前只有一片黑暗。

第4章

骷髏頭，是幸運還是不幸？

終於要開始抽籤分組了。根據學校的傳統，抽籤時老師不需要參加，同學們自己討論好方式，就可以進行了。

之前班級會議時，討論如何抽籤分組，同學的意見大致上分成兩派：一派認為這是一年一次的慶典，因此主張要把合得來的人分到同一組；另一派則認為，因為是一年一次的慶典，所以是個讓大家認識不同人的難得機會。兩派人馬各持己見，爭執不下。

漫長的會議結束後，最終決定以第二個意見來抽籤分組。

我們班一共有三十個人，所以打算三名男生和三名女生一組，預計可以分成五組。

抽籤的方式也很簡單，事先準備不同造型的棒棒糖，棒棒糖的造型有蛋糕、小提琴、足球、骷髏頭和玫瑰花。抽到相同棒棒糖的人就是同一組。同學們排隊依序抽籤後，根據自己抽到的棒棒糖造型，走到插有相同圖案的旗幟下坐好。

「可以的話，我好想抽到足球！」

原本充滿期待的露美一抽完，露出「不好吃」的誇張表情，還皺起眉頭。原來露美抽到的是跟自己表情相似，眼睛和嘴巴都下垂，甚至露出傷心表情的「骷髏頭」棒棒糖。

「很可愛呀！我看看能不能也抽到骷髏頭。」

就在我說完這句話的時候，看到站在我前面的黃智安手上拿著骷髏頭棒棒糖。想到可能跟黃智安同一組，那我寧可抽到其他圖案。

我抱著忐忑不安的心，抽出來的棒棒糖，竟然是骷髏頭！雖然不知

lollipop

道這是幸運還是不幸？不過我還是很開心可以跟露美一組。

「哇，我們都抽到骷髏頭了！我居然因為骷髏頭這麼開心，人生果然很美好！」露美大聲喊了起來。

我們一起坐到插有骷髏頭旗幟的位置。這時候，黃智安也走了過來，有些尷尬的跟我們打了招呼。只是沒想到接下來抽到骷髏頭棒棒糖的人是旻載……

「我們好好表現吧！居然是骷髏頭，跟冷颼颼露營超搭！」旻載開心的跟大家打招呼。

沒想到可以跟旻載同一組！到目前為止，我認為抽到骷髏頭是幸運的象徵。不過這個想法卻在聽到一個聲音後，馬上就改變了。

「哎呀！好倒楣喔！為什麼抽到骷髏頭？我以為會抽到小提琴或玫瑰花，害我的心情變好差。」白允娜的臉上充滿怒氣，然後砰的一聲坐在我們面前，接著又說：「黃智安，你也抽到骷髏頭？」

「妳不是看到了？」

智安和允娜雖然都是「海藍寶石」的成員，但是關係看起來並不怎麼樣。我偷偷看了看露美、智安、旻載還有允娜……果然骷髏頭不可能是幸運的代表，好的壞的都輪流出現了。從這點來看，人生是公平的。不過，還有一個未知數。那就是最後一個抽到骷髏頭的人，會為我們這一組帶來幸運，還是不幸呢？

「還剩下最後一個名額了，我們一起等看看。」

聽到我這樣說，除了允娜，所有人都緊張的望著前方。到底是誰會成為骷髏頭組的最後一位成員呢？

會是英熙？知浩？還是裕斌呢？雖然我的內心希望，可以快點看到有人抽到骷髏頭，但是同學們陸續抽到其他棒棒糖，排隊的同學們越來越少了。

有一位頭低到不行的同學，站在抽籤桶前，那個人正是權杰。

「該不會是他……」就在允娜喃喃自語的瞬間，我們看到權杰抽到的棒棒糖正是骷髏頭。

就這樣，骷髏頭組的六位成員都到齊了。其他組都在熱烈的討論著，而我們這一組則是呆呆的坐在一起，彼此大眼瞪小眼。除了我跟露美是好朋友之外，這組好像把彼此不合的人都聚在一起了。

從一開始就很不開心，連嘴角看起來都不悅的允娜，雙手環抱於胸，深深嘆了一口氣。

「首先，我們不要把這件事情看得太重要了。反正這個小組不過存在一天而已，最好不要白費力氣。」

「不要白費力氣，這是什麼意思？」露美問。

「就是只有在必要時才見面，不然妳以為是什麼意思？」面對露美的疑問，允娜反過來質問對方。

「反正露營當天上午是個別活動，硬要說的話，我們六個只要在挑戰任務時，聚在一起就可以了。因此，大家就各自去準備攤位，等到要挑戰任務時，再見面就好。」

允娜說完這句話後，馬上從座位站起來，其他人都陷入了尷尬氣氛。

「好，這話也沒說錯。不過，大家既然是同一組成員，也來我的攤位參觀吧！我正在準備跟滅絕動物有關的攤位。如果大家來玩，我會贈送相當特別的明信片喔！你們要準備什麼攤位？」旻載問大家。

「我跟丹美規劃把體育和漫畫結合在一起。具體內容是祕密，不過大家來參觀的話，應該不會後悔喔！」露美充滿自信的回答。

「我沒有準備個人攤位，這次我跟允娜決定要在表演舞臺上舉辦小型公演。光想到練習，就讓我很頭痛了。」智安好像覺得有點無趣。

這時候，我們的視線很自然的轉向權杰。

「權杰，你打算做什麼？」

不知道為什麼，總感覺應該也要問一下他才對，所以我開口問了權杰。權杰好像有點被嚇到似的，稍微抬起了頭。那表情好像是有人跟他說話，是件很神奇的事情。

「我還沒有決定好，我還在想。」權杰非常小聲的回答。

接下來，我們這一組就再也沒有人說話了。我可以跟露美同一組的快樂稍縱即逝，骷髏頭組的第一次聚會就這樣無聊的結束了。

露美可能也是抱著跟我同樣的心情吧？她不開心的噘起嘴。

放學後，我們一路抱怨，一直走到每天回家都會經過的櫻花樹下。

「果然是因為抽到骷髏頭，氣氛才這麼冷颼颼，我看其他組都很開心的討論，聊天也很愉快。」

「是呀！總感覺我們這組的人很難相處。」

「總之，明天見，丹美！」

「嗯，明天見！」

那是我和露美分開後，一個人走路回家時發生的事情。

「孫丹美。」

我轉身一看，權杰站在我身後。我轉頭看了看周圍，有點不確定是不是他在叫我？但是人群之中，我認識的只有權杰。

「怎麼了？」

「是妳把問卷筆記本的下一棒給了我吧？」權杰問。

我這才想起來，我是指定他嗎？啊，沒錯，當時我看到允娜對權杰的偏見，真的是太生氣了！所以我才那樣做的吧？那天，我確實把下一

棒指定給跟我並不怎麼親近的權杰。

「啊，那個……怎麼了嗎？」

「我想跟妳說謝謝。」權杰有點害羞的回答。

「沒什麼啦！因為其他同學應該早就寫過了，我作答時正好看到你而已。」我以為聽到我這樣說，權杰會受傷，沒想到他的表情反而有點發光？

「妳是說妳看到我？我第一次聽到有人這樣說。」

「啊，那是因為……」我突然不知道該怎麼回答，說話有點結巴起來。我無法說出當時我是因為允娜的態度太過惡劣，一氣之下，才寫下權杰的名字。

「我知道同學們不太喜歡我。但是沒有關係，因為我也不喜歡我自己。」權杰說了我預料之外的話。

「為什麼？」當我說完這句話，我的腰部後面，也就是長出尾巴的地方開始刺痛起來！

我原本以為今天會平安度過，但是，現在感知危險的信號啟動了！

我必須趕緊離開。

我也顧不得有沒有好好跟他打招呼，當場就逃走了！不過在那個瞬間，我好像有點理解權杰為什麼說他不喜歡自己了。

第5章

大家的攤位初體驗

冷颼颼露營日終於來臨了。這是我第一次在學校過夜，比起期待，我更多的心情是擔憂。雖然穿上了媽媽特意準備的衣服，但是我滿腦子想的都是「希望尾巴最好不要冒出來」。

不知道老天爺是不是跟我有一樣的心情，從早晨開始，就淅瀝淅瀝的下起雨來。

不久之前，我是很喜歡雨天的，但是，如今感覺一切都很灰暗。唯一的安慰是，今天過完之後，就正式放暑假了。

「好好去玩吧！」媽媽往我的嘴裡塞了一顆老鼠軟糖後說。

我狠狠咬破嘴裡的軟糖，咀嚼起來。現在我能夠做的就是，祈禱不要發生什麼奇怪的事。

到了學校，感受到慶典的熱鬧氣氛，我也忍不住雀躍起來。同學們已經在擁擠的禮堂內擺滿各種主題攤位。到處都是四、五、六年級同學準備的攤位和商家，我覺得自己彷彿來到了鄉村的慶典，心情一下明亮了起來。

我和露美也趕緊跑向我們的攤位，為了讓大家更容易發現我們，事前準備好的招牌，已經高高掛在攤位上方了。

美美姐妹花的功夫漫畫

「呀！哈！」

我們的企劃是露美先示範簡單的功夫動作，讓同學跟著擺出姿勢，我則把同學的模樣用漫畫的方式畫出來。

這是喜歡運動的露美和喜歡畫畫的我苦思許久後，想出可以一起合作的方法，其實我們兩人在準備的過程中，對於這樣的搭配不是很有信心。

幸好同學們的反應還不算太差，身穿黃色基底，側邊配有黑色橫條紋運動服的露美大喊一聲「呀！哈！」，擺出動作的時候，我則以閃電般的速度，快速畫下同學跟著擺出功夫姿勢的模樣。當同學們拿到我畫的圖時，都露出了滿意的表情，早晨原本沉悶的心情，也在不知不覺中變得愉悅起來了，這應該就是慶典的力量吧？

「丹美，我們現在去看看其他同學的攤位吧！」在露美的提議下，我們正式開始慶典的探險。

我們品嘗了善柳的「熱狗年糕料理店」所特製的年糕和熱狗，也參觀了隔壁班的義賣會攤位。露美看到六年級同學準備的劍道社攤位大聲歡呼起來，我看到五年級同學準備的漫畫攤位也發出了讚嘆聲。後來，我們為了可以好好參觀各自感興趣的攤位，決定先分開行動，午餐時間再碰面。

砰！

在人滿為患的慶典活動裡，我不小心撞上了攤位。突然間，攤位上各種骨頭模型、從沒看過的動物模型、以及寫滿文字的書和明信片，通通掉落在地。

「啊，對不起！」先道歉的人是旻載。

「該對不起的人是我，我沒看清楚才會撞上。」我說。

旻載並沒有回應我，而是想彎腰去撿掉在地上的東西。沒想到這個舉動，反而讓原本還在攤位上的其他物品，通通掉下來了！

旻載摸了摸頭說：「都是我沒整理好，不論是誰都很容易撞上，不過只要重新擺上去就好。對了，妳要不要拿一張？」

旻載遞給我一張明信片，那是一張長相怪異的動物明信片。

「這是松鼠嗎？不過……牠的臉正中間有兩隻角？」

「那是角鼻龍。就像妳說的，牠的確長得跟松鼠很像，角鼻龍住在洞窟，牠是嚙齒類中唯一長角的動物，不過由於角需要的營養太多了，最後才走上滅絕之路。」

「原來有這麼多動物，話說回來，擺攤還順利嗎？」

我才剛問完，旻載就洩氣的回答：

「不好。看來沒有人對滅絕動物感興趣，妳覺得我的攤位如何？」

我認真看了看旻載的攤位，他的確準備了很多東西，但是也因為東西太多了，雜亂無章的堆疊在一起，無法一眼就吸引人注意。

「我可以老實說嗎？」

「當然！」

「這裡很像挖掘前的考古現場……不，應該說，像是沒有整理過的古董店。」

旻載聽了我的話，臉馬上沉下來。不論對誰說話總是太過誠實，這是我的優點也是缺點。即使面對的是我有點喜歡的旻載，也很難改變。

「原來是這樣？我實在太沒有整理能力了……」

「比起考古學家的挖掘現場，我想同學們應該更想要看滅絕動物吧？所以，只要好好布置的話，應該可以吸引人潮。如果可以，我來幫你吧？」

旻載就像看到救援似的，開心的直點頭。

我望著旻載亂七八糟的攤位，思考該怎麼辦時，突然看到一個鳥的模型。牠看起來很像是火雞或鵜鶘的親戚，長得胖嘟嘟，而且有點滑頭的鳥。

「這是什麼？」

「啊，這是渡渡鳥。原本生活在印度南洋的模里西斯島上，不過在人類發現那個島後的第一百七十六年，也就是一六八一年就滅絕了。牠也在《愛麗絲夢遊仙境》的插圖中出現過，有一天我一定要讓牠復活。」

「渡渡鳥……好，就是牠了！把牠當成攤位的代言人。」

「代言人？」

面對旻載提出的疑問，我笑著回答：「嗯，這非常重要呢！」

我畫出一隻渡渡鳥後，在招牌上簡單寫幾個字：

渡渡鳥滅絕博物館──

告訴大家關於物種滅絕的所有事情！

我把關於滅種動物的小冊子排成扇子形狀，整整齊齊擺好。接著，把那些原本隨意擺放的動物模型，擺成彼此要吃掉對方的戰鬥場面，看起來生動多了。

「如何？」

「真棒！這樣可以展現出動物們互相廝殺，然後滅絕的意思。看起來真的有那麼一回事！妳真的太厲害了。」

得到旻載的稱讚後，我鼓起勇氣，對他提出問題：「謝謝，不過你除了對這些滅絕動物感興趣之外，還有對其他的動物感興趣嗎？例如：九尾狐……」

「九尾狐？那個虛擬出來的動物？」

「也不能說是虛擬……如果牠真的存在這世界上的話……」

「如果九尾狐真的存在的話，我應該會想跟牠當朋友吧？好像會很有趣喔！不過，妳為什麼問這個？」

「不，沒什麼，只是隨便問問。」我隨便敷衍一下。

這時候，同學們因為對模型感到有趣，開始聚集過來，我對旻載豎起大拇指後，就離開了。旻載雖然有點笨手笨腳，但是他對自己喜歡的事物熱衷的模樣，真的很帥氣！

我對自己可以幫上忙也感到高興，一想到旻載剛剛說想跟九尾狐當朋友，我的臉馬上紅了起來，頭也忍不住低了下來。結果，才沒走幾步，我就跟人相撞了。

抬頭一看，原來是黃智安，他直挺挺站在我的面前。

「喔！毛團。妳走路不會看前面嗎？」智安一副討人厭的神情說。

我為了不輸給對方，直接回嘴：「這句話應該是我問你！」

智安露出若有所思的表情，然後把頭伸到我背後，瞄了一眼說：

「今天沒有。」

「你為什麼從剛剛就一直說『毛團』？」

「我很疑惑自己當時看到的，究竟是真是假？就是妳背部冒出來的那個……」

我大聲喊了起來：「你就不能安靜一點嗎？」

「啊！知道了。對不起、對不起。不用擔心，我嘴巴很緊的。那麼再見了，毛團！」

智安瀟灑的揮了揮手後，不等我回話，馬上就消失了。

智安從以前就非常擅長把別人惹火，沒想到如今已經四年級了，居然沒有絲毫改變！

本來今天在遇到智安之前，我差不多把尾巴的事情給忘記了，一句「毛團」讓我隱藏的擔憂一一浮現出來。

就在這時候，我的背部下面又開始發熱，就像原本已經忘記受傷這回事，在無意間看到傷口之後，再次重新回想起來。

我趕緊走到人潮較少的地方。就在這時候，我注意到一個在皺巴巴的紙板上，草草寫著幾個字的奇特招牌。

解讀你的內心

上面的字是用很細的筆寫的，而且筆畫鬆散，如果不走近看，根本不知道寫了什麼。好像有一股神祕的力量讓我在這個攤位前停了下來，這個攤位沒有任何裝飾，坐在裡面的人，正是權杰。

第6章 解讀我的心

權杰靜靜的坐在攤位旁的桌子邊，十指交錯。這個攤位隱身於禮堂的角落，沒有任何裝飾，好像也沒有人來過。

「你在做什麼？」

我出聲後，權杰抬起了頭。

「顧攤位啊！」

「你不去看其他人的攤位嗎？」

「沒興趣。」

權杰簡短的回答。

「好吧！等等見。」

正當我準備要離開時，權杰叫住我：「孫丹美，我來解讀一下妳的心吧？」

我停住了腳步，可能是因為不忍心看到權杰的攤位沒有半個人，雖然我有種不好的感覺，但還是坐到了權杰的對面。

「你是用塔羅牌嗎？還是看手相？」

我沒有看到任何道具，忍不住問道。

「不，我不需要道具，我是用讀心術。」

「讀心術？」

「嗯，只要看著對方的眼睛，就可以知道對方內心的想法。」權杰剛說完，就馬上直勾勾的盯著我看。

權杰的眼睛透過長長的瀏海縫隙，散發著黑色光芒。

權杰是這樣的人嗎？原本看起來沒有什麼自信的眼睛，像可以看穿我似的，變得敏銳、透澈。我像著魔似的，無法躲開，我也直視著他的眼睛。難道這麼做，就可以解讀對方的心？

那一瞬間，權杰的眼睛看起來極為凶惡，一下子變得很大，一下子又變得像新月那樣細長。

「原來妳正在隱藏一個巨大的祕密，而且……這是一個無法跟任何人說的祕密。」

我感覺自己的心臟快要跳出來。

權杰平靜的說下去：「不過，妳沒有很喜歡這個祕密。」

我勉強自己笑著回應，但可能由於太過慌亂，反而說溜了嘴：

「你說什麼？祕密……」

權杰一邊的嘴角突然上揚起來。

「如果妳想要隱瞞這個祕密，就什麼也不要說。反正我說的話，是真是假，只有妳自己最清楚，還有，如果妳越想逃避，那個祕密就越會折磨妳。因此，改變自己的想法說不定比較好。」

「改變想法？」

「我要怎麼說明比較好呢？啊，這樣好了！我講一個類似的故事給妳聽。」

權杰說話的口吻有點奇怪，跟我平時認識的權杰完全不同。

「妳有聽過『黑壓壓鬼』嗎？」

「黑壓壓鬼？」

權杰緩慢的點了點頭。

「它是一個在黑暗中才能長大的鬼。在陽光下，黑壓壓鬼是不可能存活的。因此，它不容易被看到，也沒有存在感。但是，如果是在黑暗中的話，它的發展就不同了。黑壓壓鬼在黑暗中可以慢慢的越來越壯、越來越大，因此，大家都認為黑壓壓鬼是壞心眼的鬼而討厭它。」

我突然感到一股寒意，忍不住搓了搓雙臂。

「擊退黑壓壓鬼的方法只有一個，那就是假裝看不到它。」

「假裝看不到？」

權杰用力點頭，算是回答我，但是他的表情看起來好像有點生氣。

「即使它在，也要假裝它不在；即使聽到它的聲音，也要假裝沒聽到；即使看到它，也要假裝沒看到。這樣做的話，黑壓壓鬼就會越變越小，最後消失不見。」

雖然我不太清楚權杰在說什麼，但是我的心好像被拉過去似的，乖乖聽著權杰的話。

「這是很久以前的故事了。有個小孩一出生就是黑壓壓鬼。不管他再怎樣努力，都很難交到朋友。即使他沒有做錯任何事情，其他孩子也都會把他視為黑暗而無視他。這個孩子原本對於自己是黑壓壓鬼的命運太過傷心，覺得自己很可憐。因此，他決定改變自己的想法：總有一天，他一定可以獲得力量，然後利用自己的黑暗讓所有人大吃一驚。」

接下來，權杰說的話就更難懂了。

「不過，這個黑壓壓鬼小孩，偶然間遇到了一個奇怪的朋友，那個朋友外表看起來很平凡，但是，他一眼就看出對方跟自己一樣，是個有祕密的小孩。」

「你……你到底在說什麼？」

權杰突然往我這邊靠了過來，然後語重心長的小聲說：「這兩個孩子可能完全不同，不過，兩人有共通點，就是他們心中都藏有祕密。雖然看起來不同，但是，或許祕密是相同的。因此……如果妳有想要逃避的祕密，不要躲避它，而是要找出可以利用它的方法。」

我實在太過驚訝，反而一句話都說不出來。

不過，我有一個非問不可的問題：「萬一像你所說……我有祕密的話，那是好事，還是壞事？」

權杰聽到我的問題，再次盯著我說：「妳喜歡的話就是好的，妳討厭的話就是壞的。」

這是一句讓人似懂非懂的話。

我再三思考權杰這句像是猜謎的回答，完全沒有注意到午餐鈴聲已經響了。

「丹美，原來妳在這裡，我找妳找了好久！」

露美的聲音從我背後傳來，我好不容易重新回過神來。

這時候，我才清楚聽到午餐時間的音樂旋律聲和同學的喧鬧聲。

「原來權杰也在這裡啊！你為什麼在這麼遠的地方擺攤？好了，我們快去吃飯吧！現在是午餐時間。」

聽到露美的話，我馬上從位置上站了起來。

當我準備離開時，權杰又突然說了一句話：「不要忘記了，相似的孩子才能夠彼此理解。在這個狀況下，我祝妳和妳的祕密好運。」

露美一直問我剛剛發生了什麼事？我只好隨便瞎編了一下。權杰說的那些讓人摸不著頭緒的話，讓我有點心亂。因此，就連路過人氣最旺，也就是詩浩和知浩的「四年二班的七十七個問卷」攤位時，我也沒有進去逛逛。

即使是午餐時間，雙胞胎的攤位前面依然站滿了人群。

看來大家都想知道同班同學的內心想法。現在是允娜站在那邊看筆記本，但是她的臉色變得有點奇怪，周圍的氣氛也不太對勁。

我正在疑惑發生了什麼事情時，正好跟允娜對上眼。

「孫丹美，妳討厭我？」

允娜的嘴唇正在發抖。我看到薄荷色筆記上的大字了。

白允娜，真的很討厭。

真的、真的、非常討厭！

那是我的字。可能我寫得又大、又用力的關係吧？我好像聽到那些字正在大聲喊著「討厭」兩個字。

「這是真的嗎？」允娜再次對我發問，這次，她的聲音比之前小聲。

知浩則在一旁不停辯解：「是我放了一個不必要的問題啦！」

但是已經來不及了。

允娜和我之間陷入一片寂靜，其他同學也屏息看著我們。孫丹美的優點，同時也是缺點，再次讓我陷入了難堪。

面對允娜和其他同學的眼神，我有點猶豫了。但是，事到如今，如果我還繼續辯解的話，只會讓場面更加難看吧？況且，本子上那些看起來像要往外跳出去的文字，早就說明了一切，不是嗎？

如今，我只能再次誠實的回答。

「嗯。」

我似乎聽到同學們嚥下口水的聲音。只是，發生了我意想不到的事情——允娜的眼淚一下子湧了出來，豆大的淚珠從臉頰兩旁嘩啦啦的流下來。

「哇！哭了。允娜哭了！」

同學們竊竊私語起來，我拉起露美的手趕緊離開現場。

背後傳來允娜的哭泣聲，讓我覺得很刺耳。

早上真的發生太多事情了，我只是繞了禮堂一圈，參觀了幾個攤位，然後偶然遇到骷髏頭組的成員而已。但是，現在我已經筋疲力盡，我開始害怕即將到來的露營之夜。

第7章

我所喜歡的我，我所討厭的我

午餐時間，我就像英雄那樣成為大家討論的話題，走到哪裡都可以聽到剛才發生的事情，以及允娜和我的名字。

「孫丹美真的好厲害。」

「你也聽說了吧？其實我從很久以前也討厭允娜。丹美算是代替我說出這句話，真的讓人感覺好痛快。」

「丹美，我對妳刮目相看，妳真的非常勇敢！」

有些同學是私下交頭接耳，有些則是直接走過來稱讚我。

不過，我完全開心不起來，因為我莫名其妙成為英雄。

我並沒有在同學面前做出什麼勇敢的事，看到允娜哭成那樣，反而讓我的內心不太好受。加上權杰又對我說了那些奇怪的話，還有智安又叫我毛團……這些人都是接下來要一起挑戰任務的組員，我現在如坐針氈，全身超級不舒服。

露營的事前準備如火如荼展開了，看到教室中的帳篷越來越多時，總算有正式開始露營的感覺。我們骷髏頭組成員也圍成一圈，坐在帳篷內，並打開了頭上的電燈。

「居然是在教室內搭帳篷，好像祕密基地！」

露美才剛發出歡呼聲，我們馬上聽到「劈啪」的閃電聲，以及「轟隆隆」的打雷巨響。就像有一個巨大的手電筒，突然被打開似的，教室內瞬間變得明亮起來。雨和閃電，還有打雷……看來今年冷颼颼露營日的魔咒如約到來了。

「咳咳！現在教室要關燈了，請大家把分到的蠟燭點亮。」班導李香琪故意發出了乾咳聲。

李香琪老師是剛上任的年輕老師，她的聲音就像雲雀那樣清脆，但口吻卻像軍人那樣生硬。而且，她每次說話之前，都會先用「乾咳」來吸引我們注意，所以外號是「酷酷嫂老師」。

教室關燈之後，各處的蠟燭都點亮了，氣氛顯得更陰森了。興奮不已的同學們忍不住喧譁起來，老師又再次發出乾咳聲。

「咳咳，注意！從現在起，大家要完成兩個任務。有看到我手上拿的盒子和紫色星形寶石盒嗎？首先，盒子內放的是同一組成員們要討論

10

的主題。根據抽到的主題分享彼此的故事，這是第一個任務。

執行任務的過程中，如果聽到鐘聲，請確定一下帳篷的入口處。我會發給每組一個寶石盒。寶石盒裡面有張字條，上面寫著第二個任務的內容和注意事項。記住！聽到鐘聲時，就要馬上停止第一個任務，馬上進行第二個任務。好了，現在每組先來抽第一個任務的主題。」

老師拿著箱子，穿梭在各組之間，讓每組依序抽出一張紙條。被抽到的主題有「最可怕的經驗」、「現在如果是十九世紀的話，我會怎麼生活？」等等。

老師總算走到我們這一組，並把箱子擺到我面前。我想都沒想，就抽出了一張紙條，我們在晃動的燈光下，一起打開這張紙條。

我所喜歡的我，我所討厭的我

所有人都皺起了眉頭，我們可以通過分享這個主題，讓彼此更加了解嗎？

「什麼呀！這個太難了。如果抽到『最可怕的經驗』還比較適合冷颼颼露營日。」智安嘟囔的說著。

不過旻載反而冷靜的回答：「看起來不容易，不過好像也是很單純的主題吧？『我所喜歡的我，我所討厭的我。』共通點是『我』。因此，每個人只要說出自己的故事，不就可以了嗎？」

「沒錯。七十七個問卷裡，不是有許多問自己內心話的題目？所以，我們不用把問題想得太難。」露美因為旻載的話受到鼓舞，一下子開心起來。

「好，那就往這個方向，來說說自己的事情吧！從我先開始，如果說我最喜歡什麼的話，當然就是『運動』了。因為活動筋骨會讓人感到身心舒暢，也很愉快。如果我在比賽中表現良好，被大家稱讚很優秀，感覺也很棒，因為那會讓我對自己感到很自豪。」

「嗯，如果是這個，我也可以說說看。」允娜雙手緊握，用充滿憧憬的眼神說：「我喜歡在舞臺上唱歌跳舞。舞臺對我來說是一個魔法空間。站在上面會忘記所有事情，感覺像是變成另外一個人，真的超級夢幻。每次聽到觀眾的歡呼聲，我渾身都感到麻酥酥的，可能是因為覺得自己很厲害的關係吧？」

話題一旦開始，就會很自然的延續下去。

「這一點，我就不太一樣了。比起他人的認可，我更加喜歡埋頭做一件事情。每次我提到我的夢想，總會有人問那可能嗎？或是嘲笑我很奇怪。不過，沒有關係，因為我獲得許多新知識，還有過去不曾了解的事物，這個過程就很棒了。」旻載說。

「我也是如此。比起舞臺，我更加享受獨自作曲和彈吉他的時候。雖然我現在是練習生，但其實我的夢想不是當偶像，而是在樂團中演奏和歌唱的音樂家，只是對允娜有點不好意思。」

允娜聽到智安的話後，好像早就知道似的，微微點了點頭。

「孫丹美，妳呢？」

智安問了我之後，大家都回頭看著我。我突然有點不知道該怎麼回答？我原本應該會說喜歡畫畫，被同學們稱讚或被媽媽溫柔抱著的時候。但是……現在感覺那些事情微不足道，看到大家可以自然說出自己的事情，我感覺很神奇。

現在我滿腦子想的都是「尾巴」……因為經過剛剛的閃電之後，我的背部下方又開始刺痛起來。如果在這個狹小的帳篷內，尾巴突然冒出來的話，該怎麼辦？所以剛剛組員在分享自己的事情時，我越來越緊張，身體也越來越僵硬。如果沒有「尾巴」這件事，我一定可以好好享受此刻……我總覺得身體裡的尾巴，好像會破壞所有美好的事情！

「我不知道。」

結果我只能說出這句簡短的話，我想快點結束這個話題。

「不久之前，我有喜歡很多東西，但現在好像沒有了……」

我的回答讓大家變得尷尬起來。原本，不論我去哪裡都很會炒熱氣

氛，如今卻像烏雲那樣，散發出黑壓壓的氣息。

「也是，也有可能會這樣。那麼，權杰呢？」

露美很自然的把問題丟給權杰。只是沒想到權杰的回答讓空氣變得更加凝重。

「我討厭我自己，所以沒有什麼好說的。」

組員們發出了輕微的嘆氣聲。

「你們是怎麼了？到底是要說，還是不要說？」允娜嗤之以鼻的說。

她看我的眼神又特別凶狠，感覺是想起白天發生的事情。

旻載尷尬的笑了笑後，轉換話題說道：

「人本來就會有不同的想法吧？不需要強迫大家都要說很多。好，我們開始討論下一個主題——『我所討厭的我』。我先開始說，雖然我擅長集中注意力，但是也相當冒失。我不擅長整理，做任何事情，都很容易把環境搞得亂七八糟。雖然有時候，我會覺得這點小事不算什麼，但是我也會認為這樣不行。如果連基本的整理都做不好的話，我還可以做大事嗎？我常常會這樣自我反省……」

露美的表情變得沉重了。

「媽媽常常念我，要我專心念書，因為她希望我不要只會運動，也要會讀書。被媽媽責備的時候，我都會覺得自己越變越渺小，感覺快要變成一隻毛毛蟲。」

允娜好像對露美說的話很感興趣。

「斗露美，原來我們兩人的共通點還不少，我每次看到不好的評價或惡意留言時，都很難受。當有人說討厭我的時候，我都會覺得自己毫無用途，像是灰塵。」

允娜說這句話的時候，偷偷用斜眼瞟了我一下。白天的時候，我實在不應該那樣回答。同學稱讚我很勇敢時，我還覺得自己很坦率，如今，那個感覺轉變成羞愧，而且自責。不過允娜也在問卷寫下討厭權杰。對他人做自己不喜歡的事情，這種人根本就是表裡不一！

正當我陷入複雜的思緒時，智安開口說話了：「我接下來要說的話，是因為大家都在這個帳篷內，而且不會說出去，我才說的……其實我沒有信心可以當好海藍寶石的成員。我不認為自己可以做得好，也懷疑自己是不是不適合當練習生？可是在出道之前，就已經有一些粉絲，我沒有勇氣退出……每次這樣想的時候，我都會覺得自己在說謊，也因此更加討厭自己了。」

組員們在不知不覺中，都說出了自己的真心話。聽到他們的故事，我也忍不住想說出自己的事情。

如果不會傳出這個帳篷的話，那我說出尾巴的祕密……應該也沒關係吧？每次發生這個連我自己都難以相信的事情時，我都很討厭自己，也不知道該怎麼辦。

如果說出來的話，或許……就會發現這也不是什麼特別的事情，對吧？我抱著這個希望，決定要說出尾巴的事：「因為大家不會把話傳出這個帳篷，我才說的，其實我……」

結果我說到這裡，就再也說不出話來了。因為背部下方好像有什麼東西正在拉住我，抽痛起來，我的身體深處就像有個警示燈，正在阻止我繼續說下去。

這是尾巴傳遞給我的信號嗎？本能上，我有強烈的感覺，絕對不可以說出尾巴的事情，可是這個時候，組員們正睜大眼睛等我說話。

就在我不知道該如何說下去的時候，從剛剛就一直注視我的權杰，用很小的音量說：「我好像知道丹美要說什麼了。妳，現在是不是也討厭自己？妳和我是同一類人吧？」

可能因為權杰的口吻太過冷冰冰了，我反而發起脾氣，氣呼呼的說：「你知道什麼？權杰，你好像有什麼錯覺吧？我哪裡跟你像了？」

組員們再次陷入沉默，我氣到大口喘息，心臟也跳個不停。

我原本不是這樣的人，我眼中的自己總是可以跟同學們好好相處，也很幽默，可以讓大家開懷大笑，但現在……他們看我的眼神都顯得很陌生，就連露美也露出了無法理解的表情。

我好想躲進沒有人認識我的地方，更糟的是，現在背部下方正在鼓起來，感覺尾巴隨時都會迸出！正當一切都要爆發的瞬間，噹噹噹……教室內響起很大的鐘聲！

鐘聲……

那是開始第二個任務的信號。

第8章
尋找五個吊飾的挑戰

帳篷外面已經放著剛才老師說的紫色星形寶石盒，盒子外面印著英文字母「M」，似乎是象徵「任務」的意思。

打開蓋子後，可以看到五個不同形狀，可以用來插入什麼東西的凹槽。大家一起打開盒子內的紙條後，都被奇怪的字體吸引住了。

找出五個象徵各組的吊飾後，從最上面，順時鐘方向插入寶石盒。尋找的時間是兩個小時。找到所有象徵物的小組可以獲得勝利榮耀。

〈注意1〉

不要輕率的做出判斷。容易獲得的答案中隱藏陷阱。

〈注意2〉

大家是命運共同體。

到結束之前團隊都要在一起。

這個像謎語似的任務，讓我們更加混亂了。

「兩個小時後，在禮堂有才藝表演。到時候我跟智安也會舉辦小型公演，在這之前要完成任務的話，時間會不會太緊湊了？」允娜憂心忡忡的說。

旻載摸了摸下巴，自言自語的說：「根據順時鐘的方向來看，凹槽的模樣分別是蛋糕、小提琴、足球、骷髏頭和玫瑰。也就是說，我們要先從蛋糕開始尋找……」

「我們可以邊移動邊想，現在先離開帳篷吧！其他組已經開始行動了。」行動派的露美邊說邊走出帳篷。

走廊上伸手不見五指，黑暗中處處可見像燈塔那樣，一閃一閃的手提燈。明明是已經上了四年的學校，第一次看到這般景象，彷彿來到完全不同的地方。同學們因為害怕，紛紛發抖，但是我卻沒有。因為我覺得在這種情況下，即使尾巴突然冒出來，也不可能馬上被同學發現。跟坐在擁擠的帳篷內相比，我現在的心情反而比較平靜。

我跟在同學們的後面。

「該不會有鬼吧？我聽說之前有出現過。」

「那都是老師們扮成的鬼。已經很久沒有這樣做了，好像……自從有一個學生看到『鬼』，被嚇到當場心臟痲痺死亡之後，就沒有了吧？」

「真假？」

「嗯，我可以看到喔！現在妳後面有一隻鬼跟著妳走！」

「黃智安，你真的是！」

允娜和智安的吵鬧聲在走廊上迴盪，我們從帳篷走到窗邊，把走廊每個角落都一一照過，當然也去看過廁所和其他間教室，但是，什麼也沒找到。這樣下去，要找到五個吊飾的機會感覺非常渺茫。

「那個……要尋找遺失的東西時，不是都會先好好想一下可能掉在哪裡再去找嗎？我們現在毫無計畫的亂找，找得到嗎？」權杰小聲提出疑問，大家停下了腳步。

「這不是遺失的東西吧？是被老師藏起來了。」允娜冷冷的說完，旻載就用手指彈出「噠」的聲音。

「就是那個。出題者的意圖！」

「意圖？」

旻載點了點頭。

「允娜說得對，吊飾被老師藏起來了。那麼老師們會在這麼大的學校內，把東西隨便亂藏嗎？我覺得不會。如果那樣做的話，同學們找不到的機率很高。因此，藏吊飾的地方，應該要有什麼原因才合理吧？」

「原因……會是什麼原因呢？難道出題者是要我們找出蛋糕、小提琴、足球、骷髏頭、玫瑰的共通點嗎？」智安自言自語的說。

我們再次陷入了困境。不管再怎樣想，也想不出來這五個東西有什麼共通點？

「其他組都在找了，現在只有我們一動也不動，那還不如別去想有什麼共通點。」

允娜不耐煩的抱怨，露美突然歪了歪頭。

「等等，確實可能是那樣。說真的，這五個東西沒有共通點。但是各自象徵著什麼吧？」

「玫瑰、骷髏頭、足球、小提琴、蛋糕……啊！說到蛋糕就好餓喔。」智安邊打哈欠邊說話，瞬間，我的腦海中突然閃過了什麼——

「我好像知道了！」

組員們同時看向我。

「每個吊飾之間沒有關連性，但是都象徵著『學校裡的場所』。蛋糕是用來吃的，所以蛋糕吊飾就是藏在餐廳！」

「那小提琴是在音樂室？」旻載延續我說的話。

「足球在體育館！」露美也幫忙說。

「骷髏頭就是在科學室了……」

權杰剛說完，允娜說出最後一個場所：「那玫瑰就是在花園了！」

我們一同發出小小的歡呼聲。

「哇！我現在更喜歡自己一些了。」露美說。

每個人臉上都露出自豪的微笑，大家全都神采飛揚，好像我們已經解開了巨大謎團，並且同心協力，找到了五個吊飾似的。

「果然還是要用腦袋！」最少動腦筋的智安翹了翹下巴說。

「出發！前往聖地！」

旻載就像寶物挖掘隊的隊員，趾高氣揚的大喊一聲後，走到最前面帶頭。我們都忍著笑聲，然後悄悄經過還在走廊和廁所四處翻找的其他團隊。

平日裡總是喧鬧的餐廳，現在一片寂靜。通過第一道關卡並不難，因為我們剛走進餐廳不久，就聽到允娜的聲音。

「找到了，蛋糕！」

放在飲水機上，上面有巧克力和草莓的蛋糕吊飾，就像被藏在祕密皇陵內的王冠，散發出璀璨的光芒，我們發出了歡呼聲。

10
10

旻載提議在完成任務之前，把所有吊飾都交由其中一個人保管。得到大家的同意之後，旻載馬上詢問站在最旁邊的權杰。

「權杰，由你來保管吧？」

「我？真的可以嗎？」

「當然。大家都沒意見吧？」

我們都點頭表示同意。旻載很自然就把總是跟大家保持距離的權杰拉進團隊內，我覺得旻載真的很貼心。

權杰的雙眼發光，好像自己手上拿著的是寶物，把蛋糕吊飾插入寶石盒的凹槽後，小心翼翼的放入口袋。

「往音樂室出發。」

我們在智安的提議下，開始往音樂室移動。

「音樂室的話應該很好找，如果藏在吉他上就更棒了。」剛掀開琴蓋就看到褐色小提琴吊飾的智安說。

我們發出了第二次的歡呼聲！這樣找下去的話，勝利只是遲早的問題而已。

「我一定要找到足球吊飾！」

露美雙手握拳，充滿了熱情。不過體育館實在太大了，花了不少時間才找到。而且這時候其他團隊好像也解出了謎題，開始往餐廳和音樂室移動。

當露美在籃球和墊子之間的縫隙，找到閃閃發光的足球吊飾時，我們發出的第三次歡呼聲傳遍整個體育館。

接著，我們朝科學室走去，旻載在骷髏模型的手指上，發現銀色的骷髏頭吊飾。我們第四次彼此雙手擊掌！

現在，只剩下最後一個玫瑰吊飾。只是，其他團隊的速度也很快，我們絕對不能掉以輕心。我們興高采烈的走到最後一個場所。這時候，團隊的氣氛還很熱絡，感覺勝利就在眼前。

只是，沒有人料想得到，不久之後，氣氛就完全改變了。

第9章

危機和爭執

剩下的任務，是在學校外面的花園找出玫瑰吊飾。雖然大家都有雨衣和雨鞋，但是現在外面正下著傾盆大雨，讓人完全不想踏出去一步。

「外面下著雨，我們一定要出去嗎？如果不小心滑倒或出事情的話，該怎麼辦？」

「只是下雨而已，而且學校內並沒有車道。應該還好吧？」

露美對於允娜的小題大作，感到不以為意，就先走出去了。我們讓還在嘀咕的允娜走在最後面，大家一起走入灰濛濛的雨中，沿著花園邊緣走。

沒走幾步，我們就全身淋溼了。因為雨勢太大，很難看清楚眼前的花園，其實就連要看清楚前面的路都不太容易。

「能找得到嗎？風雨太大了，即使吊飾真的藏在花園，也可能被吹到其他奇怪的地方吧？」雨聲太大，我只能大聲的說話。

權杰聽到我這樣說之後，突然停住了腳步。

「等等！雨是從昨天晚上就開始下的吧？那麼，酷酷嫂老師還會把吊飾藏在花園嗎？」

「對喔！天氣預報也是說一整天都是狂風暴雨。假如老師還把吊飾藏在花園的話，那可能會被風吹走，或是掉在土裡。老師應該早就預料到這些事情。」

旻載點點頭，表示認同露美的觀點，接著說：

「從一開始到現在的邏輯來看，玫瑰吊飾一定是藏在花園的。因為玫瑰象徵的場所就是這裡，只是權杰和露美說的話也有道理……」

就在這時候，我腦中又閃過了什麼。

「大家還記得寫著任務的紙條上所寫的話嗎？不要輕率的做出判斷，容易獲得的答案中隱藏陷阱。」

「那是什麼意思？」

允娜噘著嘴。

「從一開始到現在來看，答案一定是花園，但也可能不是。」

「可是即使如此，現在突然要聯想其他完全不相關的場所，有點太過奇怪……」旻載咬了咬嘴脣。

我腦中的思路好像打結了。不過，慢慢思考的話，好像就能夠找出答案。

「不一定要有直接的關連性，嗯……我們學校的校花是玫瑰吧？那吊飾可能不是藏在花園，說不定是藏在畫有學校校花的地方。」

我深吸一口氣之後，看著雨中的學校建築。

「因此，如果我想得沒錯，玫瑰吊飾應該是放在一樓中央走廊的展示室。」

我們趕緊走回學校裡，甩了甩被雨淋溼的頭髮之後，允娜就像發神經似的，開始發牢騷：「真是白白受苦了。早知道是這樣的話，我絕對不走出去。」

「並不是白白受苦。如果沒有走出去的話，就不會想到玫瑰吊飾其實不在花園裡。」

露美提出反駁，但是允娜嗤之以鼻。

「是嗎？如果待在學校裡慢慢思考的話，即使沒有走出去也可以想到吧？我有說錯嗎？就是因為有人做事完全不經大腦，才會讓大家都淋溼了。」

「呀！白允娜，妳現在是不是把這個情況全都怪罪在別人身上？最先想到花園的人不正是妳嗎？」

露美再也無法忍耐似的，惡狠狠的挖苦允娜，允娜也不服輸的回瞪露美，氣氛一下子變得冷颼颼。

「好，大家冷靜點！妳們兩個說的話都沒有錯，唯一可以確定的，就是現在並不是吵架的時機。別隊已經快要趕上我們了。其他事情等之後再說，我們先找出吊飾。」

旻載努力扮演和事佬，但是露美和允娜之間的關係，似乎再也無法挽回。我們疲累的檢查每個框架，可是卻什麼也沒找到。我下定決心，決定要仔細尋找，我逐一檢查裝著學校歷史的框架。就在這時候……放在走廊盡頭，最小的框架上好像有什麼東西在發光……那是紅色的玫瑰花吊飾！

「找到了！」

組員們因為我的聲音忘記了爭執，發出了歡呼聲。

這時候，允娜又嘀咕的說：「那玫瑰吊飾原本是我打算要找出來的……」不過，我們找到了五個吊飾，因此大家內心都相當激動。我們彼此擁抱對方，蹦蹦跳跳，打成一片。

「現在我們只要把所有的吊飾都拿給老師，就可以獲得勝利！雖然我們看起來很不合拍，但其實都配合得不錯。」智安笑咪咪的說。

大家的眼光都一起望向正在拿出寶石盒的權杰，可是權杰剛打開蓋子，馬上露出慌亂的表情。

不，那不只是慌亂而已，權杰的臉簡直綠到不行。

「不見了……剛剛明明還在……吊飾、吊飾全部不見了……」權杰顫抖的說。

我們茫然若失，癱坐在階梯上，我們已經把周圍仔仔細細找過一遍，但都沒有看到吊飾。

「真的沒有嗎？要不要再仔細找看看……」

同樣的話已經被問了好幾次。

聽到智安的話之後，早就把口袋翻過好幾遍的權杰，將口袋拉出來給大家看，大家只能深深的嘆氣。

「不是掉在花園，那時候還在……」權杰像辯解似的說。

「那到底在哪裡？大家這麼辛苦才找到，結果就這樣不見了，像話嗎？」智安氣到提高了音量。

權杰低著頭，雙手抱著膝蓋，坐在一邊，那個樣子感覺都快陷入地底了。露美垂頭喪氣的說：「我還以為我們可以贏……」

「對不起，都是因為我……」權杰才剛說完，允娜馬上尖酸的說：

「我從一開始，就知道跟他同一組肯定會發生這種事情，做錯事的人，不管怎樣都應該負責吧？」

「大家不要對權杰說太過分的話，畢竟是我拜託權杰保管吊飾的，所以我也有責任。」旻載說著，只是沒想到他的話反而刺激到智安。

「高旻載，你不要假裝自己很厲害，你從一開始就以為自己是隊長，一個人決定做這個、做那個，現在還要假裝自己很善良。等所有事情都發生之後，你還要假裝自己很高尚嗎？好呀，那你自己去找出所有吊飾啊！」

「你說完了嗎？」

「怎樣，我有說錯嗎？」

旻載握緊拳頭，智安不服輸，也擺出同樣的姿勢，感覺兩個人馬上就要起衝突，危機一觸即發！

「夠了！」說話的人是權杰。

「都是我的錯，大家不要再吵了！一開始我就不應該加入，只要我消失的話就沒事了。」

現場一片沉默。看到大家擺著一張張臭臉，氣呼呼的互相埋怨，我再也受不了了。我只想馬上擺脫這些爭執，結果，我說出了連自己都沒想到的話。

「想要消失的話，話還用那麼多嗎？如果要消失，自己安安靜靜的消失就好了，不是嗎？」

大家瞬間屏住了呼吸。

權杰看著我，露出吃驚的表情，接著轉變成失望。看到權杰的樣子，我馬上後悔了，可是話已經說出口了。

「簡直亂七八糟！我們棄權吧！」

最後，旻載有氣無力的下了結論。就在這時候，從剛剛就在入口處找什麼的露美突然大喊。

「大家快過來。我好像找到了！」

我們馬上站了起來，跑向露美，露美指了指雨傘架，在取出所有雨傘後，被雨滴弄溼的雨傘架底，好像有什麼東西在閃閃發光？

「看起來是剛剛進來的時候，掉在這裡了。」

露美把撿起來的東西放在掌心，那是我們相當重要的吊飾，現在因為被水沾溼，正在閃閃發光。總共有四個，如果再加上我找的最後一個玫瑰吊飾的話，五個吊飾都找齊了。

原本冷冰冰的氣氛稍微有點緩和了，但是如果馬上歡呼的話，又覺得有些彆扭，因為大家剛剛說了那麼多過分的話。

「權杰，找到了！現在我們一起去交給老師就可以了！」

我帶著抱歉的心情在走廊底大喊，但是，只剩下回音。

權杰不見了。

似乎從一開始，他就不存在這個團隊，到處都看不見他的身影。只有那個孤孤單單，放在階梯上，裡頭空空的星形寶石盒而已。

不知不覺，到了要返回教室的時間，我們在走廊不停的尋找權杰，這時候大家都累了。

「其他的團隊好像也都完成任務了……我們也要趕緊回去。還是我們先回去把吊飾交給老師？」露美焦急的說。

智安搖了搖頭。

「那樣不行。紙條上有寫著『大家是命運共同體。到結束之前，團隊都要在一起。』的規則。我們真的是什麼命運的團隊嗎？」

「哎呀！真的到結束之前，沒有一件事情是如意的。為什麼這麼煩？」允娜跺了跺腳。

「我從來不認為這個團隊是什麼命運共同體，我只想在最快的時間內，用最簡單的方法獲勝而已。」智安沉重的說。

旻載回答：「我也無話可說……黃智安，也許如你所說，我表現得像隊長，只是為了我們這一組能夠勝利。就連我照顧權杰，也可能不是因為貼心，說不定我就是擔心事情因為權杰而不順利，才會……」

「我們骷髏頭團隊好像不是偶然聚在一起的。就像骷髏頭上本來就有許多洞，大家的心都沒有連在一起，這才是問題所在……」露美說。

我們沒有人可以反駁她這句話。

第10章

我和尾巴的對話

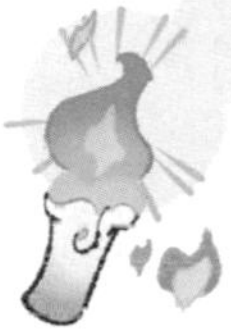

我們拖著沉重的腳步，走回教室，雖然找到了五個吊飾，但是我們失去了一位組員，如今，我們不是完整的團隊。明明可以順利完成的事情，到底是從什麼時候開始變了樣……

我想起自己對權杰說過的話，雖然其他人也有怪罪權杰，但是，我大叫著要他安靜的消失，這句話對權杰來說，一定是很大的傷害，我怎麼可以說出那種話……

或許是因為早上權杰對我說了那些奇怪的話。我的確討厭自己有祕密，我不想變成那樣的人，可是我好像已經是那種人了。也許那句「如果要消失，自己安安靜靜的消失就好了……」其實是對我自己說的。

我把對尾巴的情緒遷怒到權杰，這種想法在我腦中揮之不去。

一想到尾巴，我的背部下方又開始刺痛了。幸好現在不是在帳篷裡。我必須在尾巴暴露之前，找個地方躲起來。於是，等其他人一走進教室，我就趕緊轉身，走向漆黑的走廊，躲到一個角落。

就在這瞬間——啪的一聲！尾巴跑出來了。

這次跟之前有點不同，從我身體冒出來的尾巴，變身為一隻有著蒼綠色毛髮的小狐狸！

這隻小狐狸用牠那黑到發光的眼睛，默默望著被嚇呆的我，牠翻了幾個筋斗之後，就「咻」的一聲，消失在黑暗中了。

我為了鎮定下來，趕緊深呼吸。

我的背恢復了原本的模樣，甚至連鼓起過的痕跡都消失了。

我突然產生一個奇怪的預感。

那就是……如果我現在不去找尾巴，那尾巴可能永遠不會再回來了，因此，我必須要做出選擇。

我是要就此失去尾巴，還是要主動找回牠？

我不知道為什麼自己要這樣做，但是，我避開了同學們歡聚一

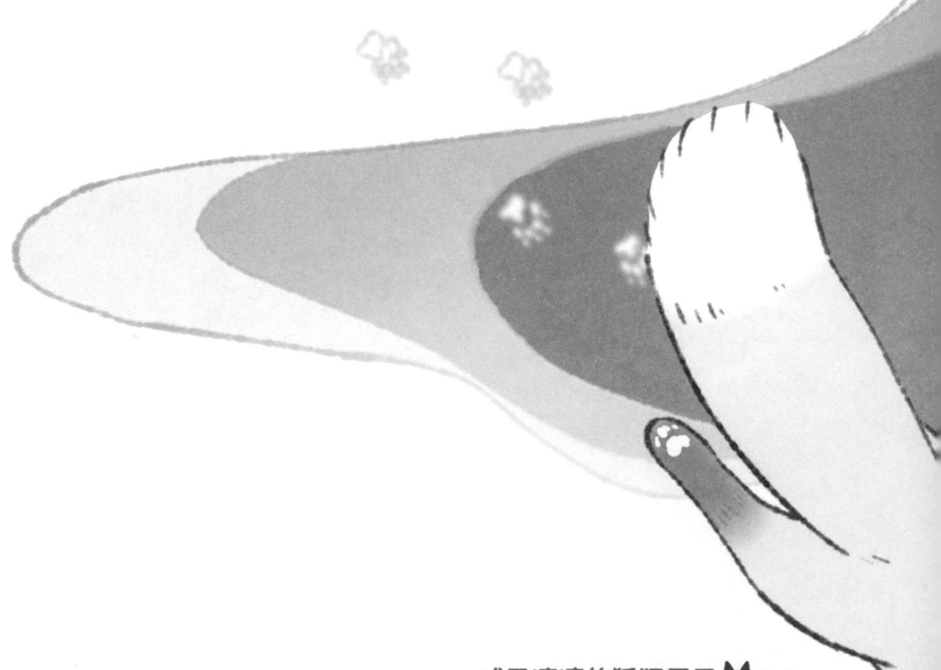

堂的教室，像是被什麼牽引著，跑向尾巴消失的方向。跟鬧哄哄的教室相比，走廊顯得格外陰森，感覺比之前更可怕了。

這不是我所知道的學校走廊，我感覺自己走在一條陌生的路上，要去一個從未接觸過的世界。但是，不知為何，我就像被磁鐵牽引著似的，毫不猶豫走向那個地方。

我走到了往地下室方向的階梯，在一樓和地下室的階梯中間，月光透過打開的窗戶，灑落在階梯中間，就在那個地方，好像有個人正背對著我。

尾巴，不，狐狸，也不是，是那個女孩。

可能是察覺到我，那個女孩轉過了頭。

那女孩一看到我，變得驚慌失措，連退了好幾步。她看似毫無表情，但是眼神卻充滿了哀傷。一定是因為那個原因吧？我第一次用平靜的聲音，小心的問她：

「妳為什麼逃走？」

「因為妳說妳討厭我。」那女孩默默的瞅著我。

「我沒有那樣說過……」

「我可以讀懂妳的心。因為我就住在妳體內，即使妳不說我也會知道。」那女孩回答我。

我想起第一次見到她時，她跟我說「我就是妳」的表情。過了半晌，我都說不出任何一句話。

我的頭好痛，但是，這回我一定要問清楚：「妳真的……真的是我的一部分嗎？」

「嗯。」

女孩回答之後，繼續看著我。

「妳為什麼討厭我？」女孩的問題讓我更加混亂了。

其實……硬要說的話，這只是一個突然冒出來，想讓人隱藏起來的祕密而已，尾巴並沒有做錯什麼。而且，我除了討厭尾巴之外，從來沒有好好了解過尾巴。

「嗯……要怎麼說呢？那個……我太驚慌了。因為沒有任何預兆，就突然出現一條尾巴……也就是妳，不，是我不知道自己是九尾狐這件事情是好還是壞？而且……」

「在朋友面前，你覺得羞愧嗎？」那個女孩問我。

我誠實回答：「我不會否認，因為我自己都被嚇到，我的朋友們一定也會被嚇到。應該說……我還沒有做好跟妳相處的心理準備。」

「如果妳真的討厭的話，我可能再也無法出現。」

「那會變成怎麼樣？」

「妳想知道？」女孩反過來問我。

我點了點頭。

如果可以像其他人那樣平凡的生活，不論真相如何，我都不會害怕。

「我不想當九尾狐……」

女孩沉默了許久，最後開口說：「命運是無法被改變的。妳遺傳到九尾狐血脈這件事，不可能改變。因此，即使我現在消失，等時機一到，其他尾巴們還是會一條條的冒出來。如果妳每次都抗拒，讓尾巴們隱藏起來的話，那麼跟妳長得一模一樣的九隻狐狸們，就只能在這個世界上四處飄泊。」

「那我會變成怎麼樣？會變成一頭沒有尾巴的九尾狐？」

「或許吧……」女孩回答。

我努力想像那個女孩說的話，雖然很難知道未來會發生什麼事情，但是，有一點是相當確定的，那就是跟女孩對話之後，我已經不那麼害怕了。

跟一個和自己長得一模一樣的人說話，感覺就像雙胞胎在聊天。我鼓起勇氣，提出了問題：「那妳是什麼樣的尾巴？」

女孩露出意外的神情，雙眼睜得圓圓的，她回答：「我是妳遺傳到九尾狐血緣的第一象徵。」

「第一象徵？」

女孩自豪的點了點頭。

「之後會出現的尾巴們，都是妳內心的一部分。但是尾巴們不會隨時隨地，跟妳抱持相同想法。

也就是說，尾巴同時是妳，也同時不是妳。而我是『方向尾巴』，我會告訴妳想去的地方，我也會引導妳要走的路。」

女孩繼續說：「不用太擔心。雖然可能還需要花些時間，但是只要成為真正的九尾狐，總有一天，妳一定可以調節和控制尾巴。即使在腦中想到尾巴，尾巴們也不會任意跑出來。」

雖然這個事實還是讓人難以接受，但是，聽完女孩的說明之後，我的心好像也安定下來了。

女孩又繼續說：「妳可以做出選擇，跟我當好朋友，或者是繼續討厭我。」

「這話是什麼意思？」

「換句話說。妳可以選擇要喜歡自己，還是討厭自己？」

我回想起尾巴第一次冒出來的時候，當時我很討厭自己，在同班同

學面前總是扭扭捏捏，因為我覺得很丟臉。

但是，如果我繼續對自己感到羞愧和厭惡的話，這個世界上還有人會愛我嗎？

我呆呆的看著她，突然發生了神奇的事情！原本那些想要擺脫尾巴和討厭尾巴的想法都不見了，我眼中的女孩也變得不一樣了！站在我眼前的女孩雖然跟我長得很像，但是，或許她跟我不同，是隱藏在我體內的另一個小小的我。

我慢慢伸出了手。

「我們當好朋友，我想

接受妳。」

「真的可以嗎？」

女孩握著我的手，不可置信的問我。

「嗯，現在可以，未來也可以。」

女孩聽到我的回答後，開心的笑了起來，而且還用飛快的速度來回跳了好幾圈。接著，她再次變成了黑色眼珠的蒼綠色狐狸。

「我來幫助妳，我可以帶妳去想去的地方。」

狐狸說完這句話後，就匆匆忙忙走上階梯。

我跟著狐狸來到的地方，是二樓的科學室。

接下來，狐狸發出耀眼的光芒後，就從我的背部消失了。

第11章

眞正的露營之夜

科學室裡也是陰森森的，只見窗戶被打開，刮進來的風把窗簾吹得一直晃動，就連擺在窗邊的骷髏頭模型，也像在跳舞似的晃來晃去。就在骷髏頭前面，有個人蹲坐在黑暗中……是權杰。

「權杰！」

聽到我的聲音，權杰顫抖了一下，就別過頭去。那是比任何時候都還要陰暗的神情。

「走吧！大家都在等我們。」

我鼓起勇氣對權杰說，但他用憤怒的語氣說：「別再說謊了！都是我的錯！大家怎麼可能等我？」

「不是這樣的，吊飾都找到了。看起來是我們從外面要進來時，不小心掉出來的……」

我原以為權杰聽見吊飾找到的消息，心情會稍微好一點，沒想到他卻說：「很好呀！你們自己去就好，反正我喜歡一個人。」

我搖了搖頭，雖然聽起來好像是在幫自己辯解，但是我還是想跟權杰好好說明。

「對你說消失的那句話，我非常抱歉……我沒有辦法把所有的事情都跟你說，但是，我們的確是同一種人，因為我有一個討厭的祕密，所以我才不喜歡自己。但是，現在我知道必須要先認同自己，才可能伸手幫助別人。」

權杰用一副聽不懂的表情看著我。

「我的意思是，你也可以更加喜歡自己一點……」

權杰的眼神有點動搖了。

就在這時候，門突然被打開了，有好幾個人一下子跑了進來。原來是我們這組的成員。

「丹美！權杰！」

「原來你們在這裡，害我們找好久！」充滿活力的露美剛說完，智安也開心的喊起來。每個人都漲紅了臉。

「看！我沒說錯吧？我們是骷髏頭團隊，所以人一定會在找到骷髏頭吊飾的地方！」旻載激動的說。

智安可能是難為情了，裝作事不關己的說：「我們想了一下，只在教室裡等權杰回來，根本沒什麼意義。最重要的是，要找到我們的成員，就像我們找到吊飾那樣。」

「我在問卷上寫的那些話，真的很對不起……我們走吧！因為我們是命運共同體。」沒想到對權杰說出這樣的話，並且主動伸出手的人居然是允娜。

我第一次看到允娜露出那麼溫柔的微笑，只見權杰呆了好一陣子，才小心翼翼的抓住允娜的手……

感覺允娜變得不一樣了。

10

允娜好像察覺到我的視線，有點難為情，又有點高傲的說：「至少今天是這樣。」

趁這個機會，我決定說出今天早上想對允娜說的話。

「允娜，我在問卷上寫討厭妳，真的很對不起。我沒想過妳會那樣在意別人說的話。我以為妳根本不在意我是喜歡妳，還是討厭妳。」

「如果是完全不認識的人，或許不會在意，但是同班同學就不一樣了。」允娜有點尷尬的回答，偷偷瞟了我一眼：「那麼，妳現在這樣說，是已經不討厭我的意思嗎？」

我稍微想了想，說：「或許很難馬上變成那樣，但是至少現在是吧？」我的話成功讓允娜笑了，那是之前累積的抱怨和尷尬，現在通通化解的微笑。

「好了，我們走吧！」

每次總是說到做到的露美，邊說邊走了出去，我們一起往教室方向走。走廊上充滿了手提燈的燈光和我們的談話聲，再也不黑暗，也不再冷清了。

獲勝的團隊，是詩浩和知浩的小提琴團隊，獲勝獎品是文化商品券。許多團隊都沒有成功完成任務。有些是找不到吊飾，有些則是為了想更快找到吊飾而分開行動，反而違反了規則。

不過，是不是獲勝對我們來說已經不重要了，原本以為不可能完成的任務已經達成，光是這一點就讓我們很滿足了。而且，在這個過程中，我們的心都連在一起了。

露美突然說：「雖然是冷颼颼露營，但現在想起來，『同心露營』這個名字還真搭。」

「沒錯，雖然過程中一度成為『不同心露營』。」我說。

我的玩笑讓大家都哈哈大笑起來，我好像慢慢變回以前的自己。

禮堂的表演總算開始了，站在舞臺上的允娜和智安演出精彩的歌舞。兩人平日那樣吵吵鬧鬧，沒想到到登上舞臺，兩個人搖身變成眼神和呼吸都搭配的很好的海藍寶石。

如允娜自己所說，站在舞臺上的時候，她看起來非常幸福。想創作音樂的智安，也充滿熱情的演出。他們兩人的演出，讓所有同學變得興奮激動起來。

身體靈活的露美興致勃勃的隨著節拍舞動身體，就連權杰也打著拍子，尷尬的動了起來。旻載打的拍子雖然完全沒跟上節奏，但是看起來比誰都開心。

每個人都用各自的方式享受此刻，禮堂內的氣氛也漸漸來到高潮，藏在我體內的尾巴，好像也隨著音樂節拍在跳動。

這個瞬間真的令人難以忘懷。

「不過，權杰，你會讀心術是怎麼回事？」

我忍不住對權杰提出了疑問。

權杰好像忘記那件事情，先是露出茫然的表情，然後莞爾一笑，說：「啊，那個啊……我怎麼可能有什麼讀心術？我一個人不知道要做什麼，所以就想說試試看而已。」

「你不是說我藏著一個天大的祕密嗎？」我繼續提出疑問。

權杰反而漫不經心的說：「有人沒有祕密嗎？我只是把想說的話說

出來而已。」

「怎麼可能就這樣，你真的太像預言家或算命師了。」

權杰聽到我這樣說之後，笑出聲，然後回答：

「我從其他地方聽來的。占卜或讀心術這種事，只要盯著對方的眼睛看，然後假裝很有自信，這樣一來，聽的人就會信以為真。我原本以為是假的，看來……真的管用？」

我狠狠的盯著權杰看，沒想到他只是聳聳肩，然後語重心長的說：

「不過……我說的話並非完全都是編造的。」

「什麼意思？難道那個黑壓壓鬼……」

沒等我把話說完，權杰把手指放在嘴巴上，發出「噓」的聲音。然後說：「或許有一天妳會知道。不過現在先享受音樂吧！」

「好！」

一想到隱藏在我體內的尾巴，我忍不住伸手去摸了摸衣服上的那個小洞。未來不知道又會發生什麼事情？還有，其他尾巴又會以什麼樣的姿態，出現在我面前來嚇我呢？一切都是未知數。

不過，對於未來，有一件事情絕對不會改變，那就是——不論別人說什麼，我依然是有著威風凜凜狐狸尾巴的孫丹美！

音樂聲越來越歡樂了，真正的露營夜才正要開始！

丹美的信

大家好，我是孫丹美。啊！如果你是本書讀者，應該早就認識我，那我就不需要自我介紹了。

我的故事可以像這樣寫成書，是萬萬沒有料到的事情，畢竟要把難以想像的尾巴說出來，不是件容易的事。但是，既然都已經寫出來了，

如果能讓大家覺得很有趣的話，就太令人開心了！

你是不是有跟我類似的經驗呢？你是不是也因為有一個無法對他人說的祕密，而感到痛苦，或是因為對自己的模樣感到失望，非常討厭自己呢？我的心裡十分難受，也非常的驚慌，真的很想蒸發在宇宙的某個地方……

第一條尾巴的故事總算順利落幕，所以我可以跟大家分享一些小小的建言。（嗯哼！）如果你因為難以說出口的祕密而苦惱，或是討厭自己的話，可以先找一位值得信賴的大人說出這些祕密。

我因為不小心在媽媽面前露出了尾巴，而失去了主動說出內心話的機會，但是，一定有不會嘲笑你的祕密，並且理解你的人！

請大家記住，跟他人尋求幫忙不是件羞愧的事情。

當然說出來之後或許也難以解決苦惱。那麼，相信自己並且努力喜歡自己，如何？身為九尾狐的我都可以做到，你一定也可以。（你相信嗎？未來我還要再長出八條尾巴！）

現在，我還是害怕得直發抖，但是一想到你正在看我的故事，我決定要一步步勇敢走向未來。因此，我們一起鼓起勇氣吧！因為，每個人的心中都有一個沉重的祕密！

對了，我還有一個請求。我的朋友們還不知道我有尾巴。如果你遇到我的朋友，可以幫忙保守祕密嗎？千萬拜託了！你說我朋友比我更有趣？不用擔心！接下來的故事我們會再一起登場的。

我自己也很好奇接下來會出現怎樣的尾巴？唯一可以確定的是，到時候我們會再次透過書本相遇。

因此在那之前，請好好的生活！期待下一次與你的重逢。

丹美

故事館

故事館 013

威風凜凜的狐狸尾巴 1：緊張刺激的露營之夜

위풍당당 여우 꼬리 1:으스스 미션 캠프

作　　者	孫元平
繪　　者	萬物商先生
譯　　者	劉小妮
語文審訂	吳在媖（兒童文學作家）．張銀盛（臺灣師大國文碩士）
責任編輯	陳鳳如
封面設計	黃淑雅
內頁排版	連紫吟．曹任華．陳姿廷

出版發行	采實文化事業股份有限公司
童書行銷	張惠屏．侯宜廷．林佩琪．張怡潔
業務發行	張世明．林踏欣．林坤蓉．王貞玉
國際版權	鄒欣穎．施維真．王盈潔
印務採購	曾玉霞．謝素琴
會計行政	許俽瑀．李韶婉．張婕莛
法律顧問	第一國際法律事務所　余淑杏律師
電子信箱	acme@acmebook.com.tw
采實官網	www.acmestore.com.tw
采實文化粉絲團	www.facebook.com/acmebook01
采實童書FB	www.facebook.com/acmestory/

I S B N	978-626-349-225-7
定　　價	350 元
初版一刷	2023 年 5 月
劃撥帳號	50148859
劃撥戶名	采實文化事業股份有限公司
	104台北市中山區南京東路二段95號9樓
	電話：(02)2511-9798　傳真：(02)2571-3298

線上讀者回函

立即掃描 QR Code 或輸入下方網址，連結采實文化線上讀者回函，未來會不定期寄送書訊、活動消息，並有機會免費參加抽獎活動。
https://bit.ly/37oKZEa

國家圖書館出版品預行編目資料

威風凜凜的狐狸尾巴 . 1, 緊張刺激的露營之夜 / 孫元平作 ; 萬物商先生繪 ; 劉小妮譯 . -- 初版 . -- 臺北市 : 采實文化事業股份有限公司, 2023.07
192 面 ;14.8 × 21 公分 . -- (故事館 ; 13)
譯自 : 위풍당당 여우 꼬리 . 1, 으스스 미션 캠프
ISBN 978-626-349-225-7(平裝)
862.596　　　112002544